VENTE

DU VENDREDI 9 MAI 1902

HOTEL DROUOT — SALLE 8

ESTAMPES ORIGINALES

MODERNES

Eaux-Fortes, Lithographies

DESSINS

COMMISSAIRE-PRISEUR

Me MAURICE DELESTRE

EXPERT

M. L. DUMONT

IMPRIMERIE MAULDE & RENOU

MAULDE, DOUMENC & Cie

IMPRIMEURS DE LA COMPAGNIE DES COMMISSAIRES-PRISEURS

Rue de Rivoli, 144 — Paris

Vente du Vendredi 9 Mai 1902

ESTAMPES et DESSINS MODERNES

EAUX-FORTES ORIGINALES

Besnard, Boutet, **Bracquemond**
Buhot, Chahine, **Desboutin**, Forain, **Goya**, Leheutre
Lepère, **Muller**
Raffaelli, Ranft, Robbe, Rops, etc.

LITHOGRAPHIES ORIGINALES

Carrière, Chéret, **Fantin-Latour, Lunois, Renouard**
Toulouse-Lautrec, Willette

DESSINS ORIGINAUX

Bartholomé, **Constantin Guys**, Lunel, Rivière, **Steinlein**
Willette, etc.

DONT LA VENTE AUX ENCHÈRES PUBLIQUES AURA LIEU

Hôtel des Commissaires-Priseurs, rue Drouot, 9
SALLE N° 8

Le Vendredi 9 Mai 1902

A DEUX HEURES

Par le ministère de **Me Maurice DELESTRE**, Commissaire-Priseur,
rue Saint-Georges, 5

Assisté de **M. L. DUMONT**, Expert, Marchand d'Estampes,
rue Laffitte, 27

PARIS — 1902

CONDITIONS DE LA VENTE

Elle sera faite au comptant.

Les Acquéreurs paieront DIX POUR CENT en sus des prix d'adjudication.

M. DUMONT se réserve la faculté de rassembler ou de diviser les lots.

Messieurs les Amateurs pourront visiter les Estampes et Dessins, 27, rue Laffitte, du 28 Avril au 7 Mai 1902, le Dimanche excepté.

MAULDE, DOUMENC et Cie, imprimeurs de la Cie des Commissaires-Priseurs
rue de Rivoli, 144 3091—600

DÉSIGNATION

EAUX-FORTES — LITHOGRAPHIES

ANQUETIN, BERCHMANS

1 — Don Quichotte. — Nymphe et Satyre.

Deux pièces, très belles épreuves d'artiste, dont une imprimée en couleurs.

BESNARD (A.)

2 — **Le Modèle.**

Très belle épreuve d'artiste. Signée.

3 — Portrait de Femme assise.

Très belle épreuve d'artiste. Signée.

4 — Un Convive inattendu (lithographie).

Très belle épreuve d'artiste. Signée.

BESNARD (Robert)

5 — Étude de jeune Garçon. — Jeune Femme en buste.

Deux pièces, très belles épreuves d'artiste. Signées.

2.

BONNARD — DENIS — VUILLARD

6 — Le Bébé. — Le Baiser. — La Bonne Dame. — La Neige.

Quatre pièces, très belles épreuves. Signées.

BONVIN (F.)

7 — Première suite de dix eaux-fortes, par F. Bonvin. Londres, 1861-1871.

Très belles épreuves d'artiste sur Japon dans la couverture de publication.

BOUTET (H.)

8 — Lecture au lit. — Au Café.

Deux pièces, très belles épreuves d'artiste, dont une avec dédicace. Signées.

9 — Jeune Femme se déshabillant. — Sortie du bain.

Deux pièces, très belles épreuves d'artiste. Signées.

10 — Jeune Femme laçant son corset.

Très belle épreuve d'artiste. Signée.

11 — En course. — Sur le pont des Arts.

Deux pièces, très belles épreuves d'artiste sur Japon.

12 — Jeune Femme au corset. — Étude de nu. — Jeune Femme au bain (lithographies).

Trois pièces, très belles épreuves d'artiste.

13 — Catalogue de pointes sèches comprenant 100 facsimili et une pointe sèche d'H. Boutet.

Très bel exemplaire sur vélin (n° 157).

BOUTET (H.)

14 — Autour d'Elles; 2e album, les Modèles; exemplaire de luxe sur Japon avec les planches et culs-de-lampe en triple état.

Très bel exemplaire (n° 35), dans le cartonnage de publication.

BRACQUEMOND (F.)

15 — Portrait de M. Bérard, architecte, 1re planche (cat. H. Beraldi, 16).

Très belle épreuve d'artiste.

16 — Portrait de Méryon (77).

Très belle épreuve d'artiste sur Japon.

17 — Portraits de : Astruc, Baudelaire, Champfleury, Th. Gautier, Legros, Meyer-Heine.

Six pièces, belles épreuves dont trois avant la lettre.

18 — Le Haut d'un battant de porte (110).

Belle épreuve.

19 — Sarcelles (111).

Superbe épreuve du 3e état, le titre à la pointe, sur très beau papier ancien de Hollande.

20 — Perdrix (112).

Superbe épreuve du 3e état, le titre à la pointe, sur très beau papier ancien de Hollande.

21 — Margot la Critique (113).

Très belle épreuve.

22 — Le Pêcheur et les deux enfants (120).

Très belle épreuve d'artiste.

BRACQUEMOND (F.)

23 — Croquis à l'eau-forte (128).

Très belle épreuve d'artiste, très rare.

24 — Deux gros Troncs de charme devant un mur (131).

Très belle épreuve d'artiste, très rare.

25 — Les Taupes (134).

Très belle épreuve d'artiste.

26 — Le petit Pêcheur à la ligne (162).

Très belle épreuve d'artiste, très rare.

27 — Vanneaux et Sarcelles (175).

Très belle épreuve d'artiste.

28 — Un Déterrage de blaireau (176).

Très belle épreuve du 2e état.

29 — Le Retour au logis (138). — La Pépie (139). — Un Soir (168). — Ils s'en allaient dodelinant. — L'Éclipse. — Titre.

Six pièces, belles épreuves.

30 — L'Homme qui court après la Fortune et celui qui l'attend dans son lit (790), d'après Gustave Moreau.

Deux pièces, très belles épreuves, dont une du 2e état et une d'artiste sur Japon. Signées.

31 — Cerfs à la fontaine (356). — L'Auberge (357) ; pour les chansons de Desforges de Vassens.

Deux pièces, très belles épreuves d'artiste.

32 — Un Buveur, d'après Lafond (241).

Très belle épreuve d'artiste.

BRACQUEMOND (F.)

33 — Homme et Enfant, d'après FRAGONARD (244).
Très belle épreuve sur Chine.

34 — Le Joueur de flûte, d'après DE CURZON (245).
Deux pièces, très belles épreuves, dont une d'artiste.

35 — Moutons parqués, d'après BRENDEL (255).
Très belle épreuve d'artiste.

36 — Coucher de Soleil, d'après COROT (251).
Très belle épreuve d'artiste.

37 — Le Repos, d'après STÉVENS (256) — Promenade vénitienne, d'après BONINGTON (283).
Deux pièces, très belles épreuves d'artiste, dont une sur Chine.

38 — Le Lièvre, d'après A. DE BALLEROY (277).
Très belle épreuve d'artiste.

39 — La Femme au tigre, d'après COROT. — Le Christ sur le lac de Génézareth. — Cheval arabe au piquet, d'après DELACROIX. — Les bons Amis, d'après DECAMPS, etc.
Huit pièces très belles épreuves dont quatre avant la lettre.

40 — Le Baiser, d'après TOULMOUCHE. — Le Déjeuner des oiseaux, d'après CHAPLIN. — Vénus et les Amours, d'après GUICHARD. — Tête de Femme : lithographies.
Quatre pièces, belles épreuves.

BUHOT (F.)

41 — Les Puits de la Butte-aux-Cailles (cat. G. Bourcard 41). — Pluie et parapluie (68) — Une Matinée d'automne (71).
Trois pièces, très belles épreuves. Signées.

BUHOT (F.)

42 — L'Angélus (72). L'Enterrement du burin (124). Les Voisins de campagne (148).

Trois pièces, très belles épreuves d'artiste.

43 — Une Matinée d'hiver au quai de l'Hôtel-Dieu (123).

Belle épreuve, avec dédicace. Signée.

44 — Souvenir de Barham Court (144).

Très belle épreuve d'artiste.

45 — Chapelle de Saint-Michel de l'Estré (152).

Très belle épreuve d'artiste sur papier ancien. Signée.

CARRIÈRE (Eugène)

46 — Portrait d'Henri Rochefort.

Très belle épreuve d'artiste. Signée.

47 — Tête de Femme.

Très belle épreuve d'artiste.

CHAHINE (E.)

48 — Négresse. — Femme en buste. — Gigolettes. — Types du trottoir.

Quatre pièces, très belles épreuves d'artiste. Signées.

CHÉRET (J.)

49 — Couvertures et Titres de romans.

Neuf pièces, très belles épreuves.

CHÉRET, — LEGRAND, — LUNEL

50 — Fumés de pièces parues dans divers journaux et publications

Onze pièces.

LE COURRIER FRANÇAIS

51 — Années 1886, 1887, 1888; deux volumes reliés.

DEGAS (d'après)

52 — Auprès du poêle; lithographie par Thornley.

Belle épreuve. Encadrée.

53 — Jeune Danseuse, lithographie par Thornley.

Belle épreuve Encadrée.

54 — Répétition du Ballet. — Danseuses; lithographies par Thornley.

Quatre pièces. Très belles épreuves.

55 — Au Café-Concert. — Chez la Modiste. — Sur la Plage; lithographies par Thornley.

Quatre pièces, belles épreuves.

DELATRE (Aug.)

56 — Eau-forte, pointe sèche et vernis mou; avec quelques gravures inédites de F. Rops, H. Somm, A. Point, Delâtre. — Paris 1887.

57 — Jeune Femme cousant.

Très belle épreuve d'artiste, imprimée en couleurs. Signée.

DESBOUTIN (M.)

58 — Portrait du comte Lepic.

Très belle épreuve sur Chine volant. Signée.

59 — Portrait du docteur Collin.

Très belle épreuve d'artiste.

DESBOUTIN (M.)

60 — Portrait d'Hippolyte Babou.

Superbe épreuve du bon à tirer, Signée

61 — Portrait de Pie IX.

Superbe épreuve d'artiste.

62 — La Sortie du bébé. — Le Repos.

Deux pièces, très belles épreuves d'artiste.

DILLON (H. P.)

63 — Le monologue. — Au cirque. — Aux courses. — Joueur de mandoline.

Quatre pièces, très belles épreuves.

DUEZ (E.)

64 — Sur la jetée.

Très belle épreuve d'artiste imprimée en couleurs.

FANTIN LATOUR

65 — Scène première du Rheingold. (G. Hédiard 8.)

Superbe épreuve du premier état avec dédicace sur Chine verdâtre (tirage à 7 ou 8 épreuves).

66 — Tannhauser. — Vénusberg, 2e planche (9).

Superbe épreuve sur Chine teinté, avec dédicace.

67 — Finale du Rheingold (18).

Superbe épreuve sur Chine avec dédicace.

68 — Évocation d'Edda, 1e planche (20).

Très belle épreuve avec l'inscription manuscrite et avec dédicace.

FANTIN LATOUR

69 — Début de la Valkure (23).

Très belle épreuve sur Chine. Signée.

70 — Manfred et Astarté, 2e planche (34).

Très belle épreuve sur Chine avec dédicace, rare.

71 — Vénus et l'Amour (131).

Très belle épreuve sur Chine. Signée.

72 — Baigneuses, 4e grande planche (138).

Très belle épreuve sur Chine.

73 — La Source dans les bois (139).

Très belle épreuve sur Chine.

74 — Danses (140).

Très belle épreuve sur Chine.

75 — Gœtterdaemmerung : Siegfried et les filles du Rhin, 4e planche (141).

Très belle épreuve sur Chine.

76 — Évocation de Kundry, 4e planche (142).

Très belle épreuve sur Chine.

77 — Prélude de Lohengrin, 2e planche (146).

Très belle épreuve sur Chine.

78 — A Eugène Delacroix. — Baigneuses.

Deux pièces, belles épreuves.

FEURE (de)

79 — La Princesse Maleine. — Femme et Fleurs. — Les Vices entrent dans la ville.

Trois pièces, très belles épreuves d'artiste.

FORAIN (J. L.)

80 — L'Ouvreuse. — Loge d'actrice. — A la Brasserie, etc. (eaux fortes originales).

Six pièces belles épreuves.

81 — Le bain, lithographie.

Très belle épreuve.

82 — Fumés de planches parues dans divers journaux et publications.

Quinze pièces.

FRAPPA, GUILLON

83 — Le bilboquet. — Ophélie.

Deux pièces, très belles épreuves.

GONCOURT (J. de)

84 — Thomas Vireloque. — Masque de Rousseau.

Deux pièces, très belles épreuves d'artiste sur Chine.

GOYA

85 — Les caprices; suite complète de quatre-vingts planches.

Superbe exemplaire du premier tirage, broché.

86 — Les désastres de la guerre; suite complète de quatre-vingts pièces, publication de l'Académie royale de San Fernando. Madrid 1863.

Bel exemplaire en huit livraisons.

87 — Son portrait par lui-même. — Dona Margarita de Austria, reine d'Espagne, d'après Vélasquez.

Deux pièces, belles épreuves.

GRASSET (E.)

88 — Jeanne-d'Arc.

Très belle épreuve d'artiste.

GROUX (de)

89 — Le Porte-étendard. — Une famille de grands ducs. — En route.

Trois pièces, très belles épreuves d'artiste. Signées.

GUÉRARD (H.)

90 — Le Guitariste.

Très belle épreuve d'artiste avec dédicace.

91 — A marée basse. — Douze menus sur une même feuille.

Deux pièces, très belles épreuves.

HUARD, TROUVÉ, VIGNERON

92 — Marchand d'habits. — Les Vautours. — Vaches au pâturage, etc.

Six pièces, belles épreuves d'artiste.

IBELS

93 — La bonne dame, eau-forte. — Au Cirque. — Arlequin et Colombine. — Au Café-Concert.

Cinq pièces, très belles épreuves, dont deux imprimées en couleurs.

LÉANDRE, LA GANDARA HERMANN PAUL, etc.

94 — Masques parisiens. — Le Mariage. — Sujets divers.

Onze pièces, belles épreuves.

LEGROS (A.)

95 — Le Réfectoire.

Très belle épreuve d'artiste.

LEGROS (d'après)

96 — Thomas Dixon. — T. Carlyle. — Le Coup de vent.

Trois pièces, très belles épreuves.

LEHEUTRE (G.)

97 — Le Port au bois, à Troyes.

Superbe épreuve, signée et numérotée.

98 — La jetée du Tréport.

Superbe épreuve, signée et numérotée.

LEPÈRE (A.)

99 — Pêcheurs.

Deux pièces différentes, épreuves d'artiste.

100 — Les Blanchisseuses.

Très belle épreuve d'artiste, imprimée en couleurs. Signée.

LITHOGRAPHIES

101 — Sujets divers, par Blache, Maurin, Danguy, Lemerle, Petitjean, etc.

Sept pièces, belles épreuves.

102 — Sujets divers, par Robida, Japhet, Valloton, Neumont.

Douze pièces, belles épreuves.

103 — Sujets divers, par Bonnard, Crebassa, Danguy, Osbert.

Douze pièces, belles épreuves.

LITHOGRAPHIES

104 — Les Peintres lithographes. — Première année, n° 2; dix lithographies par Anderson, Dubois-Menant, Fantin-Latour, Aman-Jean, Jeanniot. J.-P. Laurens. Henri Martin, P. Maurou, Marius Perret, Victor Peter.

Très belles épreuves dans la couverture de publication.

105 — Sujets choisis dans l' « Estampe moderne », par Boutet, Fantin-Latour, Burnes-Jones, Helleu, P. de Chavannes, Willette, etc.

Dix-huit pièces, épreuves d'artiste.

LUNOIS (A.)

106 — Fileuse marocaine.

Très belle épreuve d'artiste.

107 — La Convalescente.

Très belle épreuve d'artiste. Signée.

108 — Jeune femme à l'écran.

Très belle épreuve, sur papier pelure.

109 — La Romance.

Très belle épreuve, imprimée en couleurs.

110 — Le Pot de vin, d'après Lhermitte.

Très belle épreuve d'artiste, avec remarque.

111 — Les Lavandières, d'après Daumier.

Très belle épreuve d'artiste, sur Japon.

LUNOIS (A.)

112 — La Salle Graffard, d'après Béraud.

Très belle épreuve d'artiste.

113 — Nocturne, d'après Cazin.

Très belle épreuve d'artiste, sur Japon.

MAURIN

114 — Portrait de Toulouse-Lautrec.

Très belle épreuve d'artiste. Signée.

MAUROU

115 — Paysage hollandais.

Très belle épreuve, sur Japon.

MELCHERS (F.)

116 — L'An ; suite de 16 lithographies en couleur ; texte par Thomas Braun : Lyon-Claesen, Bruxelles.

MULLER (Alfred)

117 — Baigneuses.

Très belle épreuve, imprimée en couleurs. Signée.

118 — Fillette lisant.

Très belle épreuve. Signée.

OCHOA (de)

119 — Ophélie. — Études de têtes. — Le modèle.

Quatre pièces, très belles épreuves d'artiste.

PISSARO (C.)

120 — Une sarcleuse, eau-forte originale.

Très belle épreuve. Signée.

PUVIS DE CHAVANNES

121 — Tête de Fillette (Lithographie).

Très belle épreuve. Signée du monogramme.

RACHOUX, SÉRUSIER, WAGNER

122 — Les Tortues. — La Loge des Clowns. — Paysages.

Six pièces, très belles épreuves.

RAFFAELLI (J.-F)

123 — La Route aux grands arbres ; eau-forte en couleur.

Très belle épreuve d'artiste sur Japon. Signée.

124 — L'Actrice ; eau-forte en couleur.

Très belle épreuve d'artiste sur Japon. Signée.

125 — La Lettre ; eau-forte en couleur.

Très belle épreuve d'artiste sur Japon. Signée.

RANFT (R.)

126 — Les Castagnettes.

Très belle épreuve imprimée en couleurs. Signée et numérotée.

127 — Les Cerises.

Très belle épreuve imprimée en couleurs. Signée et numérotée.

128 — Répétition du Ballet.

Très belle épreuve imprimée en couleurs. Signée et numérotée.

RANFT (R.)

129 — Danseuses Espagnoles.

Très belle épreuve imprimée en couleurs. Signée et numérotée.

130 — Arlequin, Pierrot et Colombine.

Très belle épreuve imprimée en couleurs. Signée.

131 — La Loge des Figurantes.

Très belle épreuve d'artiste. Signée.

132 — Couturière et Modiste.

Très belle épreuve d'artiste. Signée.

REDON (O.)

133 — Songes ; suite complète de six lithographies dans la couverture de publication.

RENOUARD (P.).

134 — La Danse ; suite complète de vingt lithographies imprimées en couleurs, dans un cartonnage.

RENOIR

135 — Tête d'Enfant.

Épreuve d'artiste sur Chine volant. Signée.

ROBBE (Manuel)

136 — Femme nue accroupie.

Très belle épreuve imprimée en couleurs. Signée.

137 — Le Thé.

Très belle épreuve imprimée en couleurs. Signée et numérotée.

ROBBE (Manuel)

138 — Le Tub.

Très belle épreuve imprimée en couleurs. Signée.

139 — Femme assise mettant ses bas.

Très belle épreuve. Signée.

140 — Sous bois.

Très belle épreuve imprimée en couleurs. Signée.

141 — Jeune Femme se déshabillant.

Très belle épreuve imprimée en couleurs. Signée.

142 — Le Miroir.

Très belle épreuve imprimée en couleurs. Signée.

143 — Le Lever.

Très belle épreuve imprimée en couleurs. Signée.

ROCHE, RANSON, CRÉBASSA, ETC.

144 — Libellules. — Convoitise. — Salamandres, etc.

Onze pièces, très belles épreuves.

ROCHEGROSSE

145 — La Peur. — Le Lys.

Trois pièces, belles épreuves.

ROPS (F.).

146 — Étude patronymique par E. Demolder, avec quelques reproductions brutales de devises inédites de Rops: Pincebourde, Paris, 1894.

Exemplaire sur Japon, n° 27.

ROPS (F.)

147 — Autre exemplaire.

Sur Hollande.

148 — Dans la Pusta.

Très belle épreuve d'artiste sur Japon. Signée.

149 — La Femme à la fourrure, debout.

Très belle épreuve d'artiste sur Japon. Signée du monogramme

150 — Ma tante Johanna.

Très belle épreuve d'artiste. Signée.

151 — Servante.

Très belle épreuve d'artiste sur Japon. Signée du monogramme.

152 — Bonne Hollandaise.

Très belle épreuve d'artiste avec croquis dans les marges.

153 — Sur la Lesse.

Très belle épreuve d'artiste sur Japon. Signée du monogramme.

154 — La grande Femme à la fourrure, assise.

Très belle épreuve d'artiste sur Japon. Signée du monogramme.

155 — Don Paez.

Très belle épreuve du 5e état sur Japon, rare.

156 — La Cantinière des Pilotes.

Très belle épreuve. Signée du monogramme.

157 — Holocauste.

Très belle épreuve d'artiste sur Japon, signée du monogramme.

158 — A cœur perdu.

Très belle épreuve.

ROPS (F.)

159 — La Feuille de Vigne; frontispice.

Très belle épreuve d'artiste. Signée.

160 — Post-Face des Sonnets du Docteur.

Très belle épreuve du 2e état sur Japon.

161 — Ecchymoses. — Auscultation ; deux pièces pour les Sonnets du Docteur.

Très belles épreuves d'artiste sur Japon. Signées du monogramme.

162 — L'Amante du Christ.

Très belle épreuve imprimée en sanguine.

163 — Frontispice pour le Parnasse satyrique du XIXe siècle.

Très belle épreuve d'artiste sur Chine.

164 — Frontispice pour le Nouveau Parnassé satirique.

Très belle épreuve d'artiste sur Chine.

165 — Frontispice pour l'Histoire de la Sainte-Chandelle d'Arras.

Très belle épreuve du 4e état sur Japon.

166 — Frontispice pour les Épaves.

Très belle épreuve d'artiste sur Chine.

167 — Tableau des mœurs du temps. — La Tentation.

Très belle épreuve d'artiste sur Chine.

168 — Frontispice pour l'Impuissance d'aimer.

Très belle épreuve d'artiste avec croquis dans les marges, sur Japon. Signée.

ROPS (F.)

169 — Frontispice pour les Amusements des Dames de Bruxelles.

Très belle épreuve d'artiste. Signée du monogramme avant le cuivre coupé.

170 — Courtoisie exagérée.

Très belle épreuve d'artiste sur Japon, avec croquis dans la marge du bas.

171 — Pilier d'Église.

Très belle épreuve d'artiste sur Japon.

172 — Mon Bourgmestre. — Le Modèle. — Pallas. — Buveuse d'absinthe.

Quatre pièces, très belles épreuves.

173 — Deux petites études de tête. — La Buveuse d'absinthe.

Trois pièces, très belles épreuves, dont deux sur Japon.

ROPS (D'après)

174 — Son portrait, par Courboin, pour le Catalogue E. Ramiro.

Quatre pièces, différents états, très belles épreuves.

175 — La Dame au Cochon, par Gaujean.

Deux pièces, très belles épreuves imprimées en couleurs, sur Japon.

176 — La petite Sorcière.

Très belle épreuve d'artiste avec remarque, imprimée en couleurs.

ROPS (D'après)

177 — La Dame au pantin.

Très belle épreuve d'artiste avec remarque, imprimée en couleurs, sur Japon.

178 — La Mère aux Satyrions.

Très belle épreuve d'artiste avec remarques, imprimée en couleurs, sur Japon.

179 — L'Agonie.

Très belle épreuve d'artiste avec remarque, imprimée en couleurs.

180 — Femme en croix. — La Foire aux Amours. — Manon.

Trois pièces, belles épreuves dont une imprimée en couleurs.

181 — L'Anglaise du nouveau Ballet.

Très belle épreuve d'artiste avec croquis dans la marge du bas, imprimée en couleurs, sur Japon, avec dédicace à E. DE GONCOURT.

182 — Le bout du Sillon. — Les Glaneuses. — La Dentellière. — Oude-Kate. — Buveuse d'absinthe.

Cinq pièces, belles épreuves.

183 — Vignette pour Mademoiselle de Maupin, par G. COURBOIN. — La Buveuse d'absinthe.

Deux pièces, très belles épreuves d'artiste, la 1re en épreuve du 1er état.

SCHWAB (C.)

184 — La Communion.

Épreuve d'artiste. Signée du monogramme.

SOMM (H.)

185 — Études et Croquis à la pointe sèche.

Dix pièces, superbes épreuves d'artiste sur Japon. Signées.

SOMM, P. MOREL

186 — Types de Parisiennes. — Jeune Femme à la voilette. — Tête de Femme.

Six pièces, très belles épreuves d'artiste, dont quatre sur Japon.

STEINLEIN ET DIVERS

187 — Le Bal public. — Type du Peuple, etc.

Huit pièces, belles épreuves.

TOULOUSE-LAUTREC (H. DE)

188 — L'Estampe originale.

Très belle épreuve imprimée en couleurs.

189 — Un Thé en Angleterre.

Très belle épreuve d'artiste. Signée.

190 — Est-elle grasse? Oui. — Le Malade. — A l'Orchestre. — Zimmermann et sa machine.

Quatre pièces, très belles épreuves.

TOULOUSE-LAUTREC-IBELS

191 — Le Café-Concert ; texte de Georges MONTORGUEIL, vingt-deux lithographies.

Très belles épreuves.

WILLETTE (A.)

192 — Le Petit Chaperon rouge.

Très belle épreuve d'artiste sur Chine volant.

193 — Le Baiser.

Très belle épreuve d'artiste. Signée.

WILLETTE (A.)

194 — La Fortune.

Épreuve d'artiste. Signée du monogramme.

195 — Victor Hugo. — L'Ane rouge. — Valmy. — Les Funérailles.

Quatre pièces, belles épreuves.

196 — Ohé ! les mœurs ; titre et onze lithographies.

Très belles épreuves sur Japon.

197 — Journal « *Le Pierrot* » collection complète dans un cartonnage.

198 — Fumés de planches parues dans divers journaux et publications.

Quinze pièces.

ALBUMS DIVERS

199 — Fantaisies par Caran d'Ache, Courboin, Gerbault, Godefroy, Guillaume, H. Pille, chez Baschet. — Pages d'Autrefois, par H. Pille, racontées par Roger-Milès. — A gaiety Girl, par Dudley Hardy. — Dessinateurs du *Courrier Français*.

Quatre albums.

DESSINS

ANQUETIN

200 — La Rencontre.

Lavis d'encre de Chine.

BARTHOLOMÉ (J.).

201 — Le Prolétaire.

Au crayon noir. Encadré.

202 — Paysan Flamand.

Au crayon noir. Encadré.

BRACQUEMOND (F.).

203 — L'Art et la Nature.

Au crayon noir. Signé.

FORAIN (J.-L.).

204 — Feuille de Croquis.

A la plume. Encadré.

205 — Deux Feuilles de Croquis.

A la plume.

GERBAULT (H.).

206 — En Cabinet particulier.

Au crayon. Signé. Encadré.

GERBAULT, HENRIOT, LUNEL

207 — Ah ! les Vierges. — En Hiver. — Encadrement pour les rayons et les ombres, etc.

Quatre dessins au crayon noir et à la plume.

GIRAUD

208 — Aux Courses. — Croquis de la rue.

Deux aquarelles et un dessin à la plume.

GUYS (Constantin)

209 — Jeune Femme en toilette de bal.

Aquarelle.

210 — Officier de Cent-Gardes.

Aquarelle.

211 — Une Grisette.

Aquarelle.

212 — Jeune Femme décolletée.

Dessin à la sépia.

GUYS (Constantin)

213 — Carrosse de gala. — Régiment de cuirassiers.
Un dessin au lavis et une aquarelle.

214 — Cavaliers et Amazones.
Deux dessins à l'encre et au lavis.

215 — Divers Types de femmes.
Quatre dessins au lavis.

HEIDBRINK

216 — Composition à trois personnages.
Au crayon. Signé, encadré.

HELLEU (P.)

217 — Jeune Femme se retroussant.
Aux trois crayons, encadré.

JARRIGE (L. de la)

218 — Paul ne te salue plus; etc.
A la plume. Signé, encadré.

LOIR (Luigi)

219 — Menu pour un banquet des Arts incohérents.
A la plume.

LUNEL (F.)

220 — A la revue de Longchamps.
A la plume. Signé, encadré.

221 — Au bal.
A la plume. Signé, encadré.

MARIE (Adrien)

222 — Scène de Théâtre.
A la plume, encadré.

RÉGAMEY — ZAG

223 — Portrait d'A. Commerson. — A l'Hérissé.

Deux dessins, le premier rehaussé d'aquarelle.

RIVIÈRE

224 — Un fait divers (le Mannequin).

Douze dessins à la plume sur une même feuille.

STEINLEIN

225 — L'Amateur :

— Vous direz que je n'y entends rien ; mais vraiment, de son vivant, ma chère femme n'avait pas du vert dans la figure.

Au crayon noir, encadré.

226 — L'Amateur :

— Mais vous le tenez à l'envers.

— Vous croyez? Vraiment, moi je le trouve bien mieux comme ça.

Au crayon noir, encadré.

227 — Les Étrennes.

A l'encre de Chine. Signé, encadré.

WILLETTE (A.)

228 — L'Impératrice à Paris : L'Empire est mort avec mon fils ; etc.

Au crayon bleu, encadré. Signé.

229 — Sous ce numéro seront vendus quelques épreuves, fumés, de Chéret, Forain, Legrand, Lunel, Willette.

Encadrés.

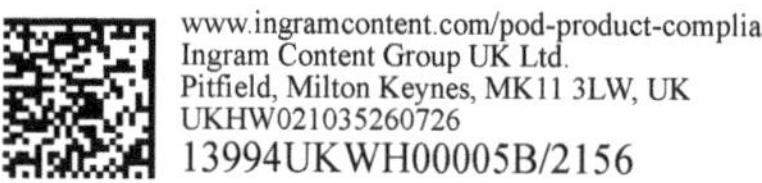
www.ingramcontent.com/pod-product-compliance
Ingram Content Group UK Ltd.
Pitfield, Milton Keynes, MK11 3LW, UK
UKHW021035260726
13994UKWH00005B/2156